ALPHONSE DARNAULT

LA

GAULE HÉROÏQUE

HOMMAGE D'UN BRETON

A VERCINGÉTORIX

POÈME

DÉDIÉ A LA VILLE D'ALISE

DEUXIÈME EDITION

PARIS

A. BRAY, LIBRAIRE-ÉDITEUR

20, RUE CASSETTE, 20

MDCCCLXVI

Y

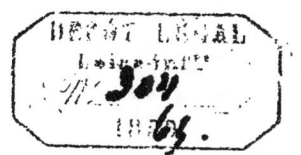

LA GAULE HÉROÏQUE.

ALPHONSE DARNAULT

LA

GAULE HÉROÏQUE

HOMMAGE D'UN BRETON

A VERCINGÉTORIX

POÈME

DÉDIÉ A LA VILLE D'ALISE

DEUXIÈME ÉDITION

PARIS

A. BRAY, LIBRAIRE-ÉDITEUR

20, RUE CASSETTE, 20

MDCCCLXVI

Tous droits réservés.

LETTRE DE M. LE MAIRE D'ALISE

Alise-Sainte-Reine, 14 septembre 1865.

MONSIEUR,

LE POÈME que vous avez bien voulu m'adresser a été lu ici avec le plus vif intérêt; — on en parle avec éloge, — et je suis chargé par mes CONCITOYENS de vous présenter leurs félicitations.

L'inauguration est indéfiniment ajournée...

La statue n'en est pas moins sur son piédestal et produit un effet superbe, — inattendu.

La tête du HÉROS exprime si bien les émotions qui se succèdent dans sa grande âme attristée!... —

Il vient de perdre une bataille qui va bientôt entraîner la ruine et l'esclavage de la PATRIE... —

Pour comprendre cet épisode de la vie de VERCINGÉTORIX, il faut, — comme vous, Monsieur, — avoir l'amour de la PATRIE et ce sentiment élevé — qui place les VERCINGÉTORIX avant les CÉSAR.

Veuillez agréer, Monsieur, l'assurance de ma considération la plus distinguée,

Le Maire d'Alise,

Dr A. B.

LETTRE DE M. AIMÉ MILLET

AUTEUR DE LA STATUE DE VERCINGÉTORIX

La première édition du Poème : LA GAULE HÉROÏQUE
est dédiée à Monsieur Aimé MILLET.

Paris, 19 octobre 1865.

MONSIEUR,

J'ÉTAIS absent de Paris quand votre lettre et votre Poème y sont parvenus.

C'est seulement, en arrivant, que je les ai trouvés, et je m'empresse de vous dire combien j'ai été touché en lisant d'abord votre lettre. — Mais j'ai vraiment éprouvé un sentiment de fierté quand j'ai lu vos admirables vers, inspirés, dites-vous, par ma statue !

L'honneur que vous lui faites ainsi est très-supérieur à son mérite; mais je suis, Monsieur, si flatté de cet hommage que je ne puis ne pas l'agréer.

— Merci donc à vous, Monsieur, qui avez traduit en vers si beaux et si chaleureux cette épopée grandiose laissée jusqu'ici dans l'ombre.

Il m'a semblé — en lisant vos vers — que j'eusse mieux conçu et exécuté ma statue si j'avais pu les trouver et m'en inspirer avant de rien entreprendre.

Mérité ou non, je vous le répète, votre hommage m'a été au cœur, et je voudrais pouvoir vous en témoigner toute ma gratitude autrement que par de vaines paroles.

Faute de mieux, permettez-moi, Monsieur, de vous adresser une photographie qui vous rappellera au moins notre HÉROS commun, et agréez, avec elle, l'expression du profond respect avec lequel

J'ai l'honneur d'être,

Monsieur,

Votre tout dévoué serviteur,

Aimé **MILLET**.

I.

E Barde est le gardien des antiques annales;
Revivez dans mes chants, gloires nationales
Des patriotes d'autrefois;
Ils sont tombés... inspire une voix qui les venge,
Terre sainte d'Arvor que peuple sans mélange,
Le reste de nos clans gaulois.

Le bruit de tes torrents réveille la mémoire
De ce siècle si grand qu'à peine on peut y croire,
Où pour la Liberté luttaient de vaillants cœurs ;
Le bruit de tes forêts, quand le monde sommeille,
Harmonieux et doux enchante mon oreille,
Et de tes frais vallons monte l'encens des fleurs.

Sous les chênes, autour de l'enceinte de pierre,
Les âmes des héros traînent sur la bruyère
　　　Leurs manteaux de blanche vapeur ;
Celui qui les entend, aux reflets de la lune,
Par de profonds soupirs déplorer leur fortune,
　　　Se signe et dit tout bas : « J'ai peur ! »

Mais vous n'effrayez pas le Barde solitaire,
Pâles esprits des nuits qui hantez cette terre
Où les menhirs sacrés sont alignés encor ;
Où résonne partout la langue des ancêtres,
Où Bel, le dieu guerrier, aura toujours des prêtres
Quand de la France en deuil retentira le cor.

Ombres de nos aïeux ! généreux patriotes,
Elus par les Gaulois, et sacrés par leurs votes,
　　　Camulogène et Virdumar ;
Ambiorix, vainqueur que protégeaient les chênes,
Dans ta course superbe à travers les Ardennes,
　　　Héros qui fatiguas César ;

Et toi, guerrier fameux des bords de la Tamise,
Fier Cassivellaün dont l'ardeur insoumise
Aux Romains effarés fit tourner l'aviron ;
Commius, Litavic, Teutomar et Luctère,
Toi Vercingétorix : grand cœur, grand caractère,
Dont le nom dans mes vers sonne comme un clairon ;

Dictateur des Gaulois ! ton image de cuivre
Luira sur la montagne où la France va suivre
  Tous les vestiges de tes pas ;
Guerrier au collier d'òr, à la saie écarlate,
Qui tombant sur César, comme la foudre éclate,
  As vu fuir ses meilleurs soldats ;

Ombres de nos aïeux ! — redites-moi l'histoire
De ces temps éloignés qu'éclaire votre gloire...
La harpe qui frémit s'éveille sous mes doigts...
Le choc des combattants ébranle au loin la terre ;
Tarann sur les Romains a lancé son tonnerre,
Et Rome entend gronder ce tumulte gaulois.

« Aux armes ! » Ce cri part des rives de la Loire ;
Au fleuve ensanglanté l'Armorique veut boire ;
  « Vengeance ! Aux armes ! Levez-vous ! »
Liberté ! ta grande aile a touché la Garonne ;
La Gaule a salué son auguste patronne ;
  Ses guerriers se sont levés tous.

Dès que de sang romain *Genabe* fut rougie,
Le pays, frémissant d'une sombre énergie,
A demandé son chef ; nommez-le, quel est-il ?...
Voilà que le Cantal, les Dômes, les monts Dore
S'illuminent soudain d'un ardent météore,
Et le peuple acclamait le fils du brenn Celtill :

Le héros acclamé par la nouvelle Rome,
Le sanglier de Bel, et que le Barde nomme
    A côté de Napoléon ;
Vercingétorix, lui dont la gloire ternie,
Par les historiens maintenant rajeunie,
    Brille dans notre Panthéon !

Son œil étincelait de génie et d'audace ;
Sa beauté, sa vertu se couronnaient de grâce ;
Son nom seul prononcé respire la terreur ;
Celtill, son noble père, un prince d'Arvernie,
Périt en essayant d'asseoir sa tyrannie,
Le fils, aimant le peuple, a subjugué son cœur.

En vain, pour le gagner, César ourdit sa trame,
Le nommait « son ami » ; mais il n'avait pas l'âme
    De Cavarin et de Tasget ;
Le patriote pur, tantôt dans la montagne,
Tantôt dans les vallons ombreux de la Limagne
    Mûrit son généreux projet.

Son culte c'est l'Honneur ! il a voué sa vie
A venger quelque jour la Liberté ravie ;
Son repas somptueux c'est de vaincre la faim ;
Son palais le rocher, sa couche la pelouse,
Sa mère la Cité, la Cité son épouse ;
Inflexible il suivait dans l'ombre son chemin...

Il était préparé : sa jeune Renommée,
Des palmes dans les mains, à la Gaule opprimée
    Montrait son vaillant dictateur;
Placé sur le pavois, il est le chef suprême;
Du peuple fédéré, qui le suit et qui l'aime,
    Il se fera le rédempteur. —

Quand il a réveillé l'âme de la patrie,
Avec ses bataillons et sa cavalerie
Il tourne vers le Nord son vol prodigieux;
Il a dit à Lucter, chef de l'autre colonne :
« Courez vers la *Province,* et maîtres de Narbonne,
» Nous bravons Rome alors, son Génie et ses dieux! »

II.

César !... Le conquérant hiverne en Italie...
Sur l'État qui chancelle et sur Rome avilie,
Sur sa proie attachant son regard d'épervier...
Les monceaux d'or ravis aux étangs des Némèdes
Soldent les dévoués, ou réchauffent les tièdes;
Il offre à son rival le rameau d'olivier...

Pour lui rien de honteux si ce n'est la défaite !
Pour un nouveau combat sa main est toujours prête ;
Il presse la Fortune, arrache ses faveurs ;
Renverse tout obstacle à sa grandeur future,
Et sur tant de débris posant sa dictature,
Aucun héros n'aura plus fait couler de pleurs.

Une divine ardeur bouillonnait dans ses veines ;
Des Alpes il bondit aux pieds de nos Cévennes,
Que les neiges couvraient de leur manteau glacé,
Où le vautour cherchait la place de son aire,
Où l'isard seul traçait son empreinte légère :
Qui donc passerait là s'il n'était insensé ?...

César et sa fortune ont su vaincre la neige ;
L'Auvergne est aux abois et rien ne la protège ;
O Vercingétorix ! retourne à tes foyers...
A grands pas accourait déjà la grande armée ;
César a pris son vol... *Genabe* décimée
Payait le sang romain du sang de ses guerriers.

Terrible activité qui donne le vertige !
Voici *Noviodun,* la cité biturige ;
A peine ont-ils ouvert, tremblants, leurs bastions,
Que notre général, prompte et belle manœuvre,
Revient souple et sans bruit, pareil à la couleuvre,
Choquer ses cavaliers contre les légions...

Revers... grande leçon ! « Loin, loin d'ici les femmes,
» Les enfants, les vieillards; livrez, livrez aux flammes
» Les cités que leurs murs ne peuvent protéger;
» Villages et hameaux, que tout flambe à la ronde ;
» Par la faim et le feu que le pays réponde,
» Et laissons aux frimas le soin de nous venger. »

C'est l'ordre; rien de plus; partout ruine et cendre !
Avarique résiste et saura se défendre ;
Fatal aveuglement, ô déplorable orgueil !
« Obéir ! » ce fait seul aurait sauvé la Gaule;
Un si grand général ! vous usurpez son rôle :
Malheureux ! arborez un noir drapeau de deuil.

César déjà vous tient dans sa tranchante serre;
Rome sera pour lui le prix de cette guerre;
Sans frein, impitoyable, il percera vos cœurs... —
Avarique est aux mains des légions romaines ;
Cité pleine de sang et de lugubres scènes,
Nos larmes ne pourraient égaler tes douleurs !

III.

D'un air pur et suave en aspirant l'arome,
Venez et regardez, du haut du Puy-de-Dôme,
Ce vaste entassement de rochers anguleux
Dans ce fertile Eden où la grappe se dore,
Où serpente l'Allier pour s'unir à la Dore,
    Fleuves étincelants tous deux;

Ces tours, ces bastions, sur ce bloc titanique,
Vont arracher la Gaule au glaive tyrannique
De Rome qui s'acharne à nous reconquérir;
Sa constante fortune en ce chemin dévie:
    Ces murs se nomment Gergovie,
Et Vercingétorix se hâte d'accourir...

Autour de la cité voyez-vous ces bannières,
Ces chevaux de bataille aux flottantes crinières,
Aigles fougueux montés par tous nos Colliers d'or;
Ces nombreux fantassins et leurs armes brillantes?
Ils gardent, retranchée au milieu de leurs tentes,
    La Liberté comme un trésor.

Quand l'Auron souriait aux fleurs de ses rivages,
La Guerre sur l'Allier jetait ses cris sauvages,
César sous Gergovie avait assis son camp;
Il veut frapper au cœur l'Auvergne conjurée;
     La Gaule après sera livrée;
Il marche, il court... le sol qu'il foule est un volcan!

Il gravit la montagne et lance ses cohortes.
Sur nos retranchements dont il franchit les portes
Au moment où l'assaut surprend l'autre revers :
Teutomar, roi gaulois, surpris, échappe à peine;
Déjà sur les remparts plane l'aigle romaine,
     Terrible et les ongles ouverts...

Artifice impuissant! Rapide, avec furie,
Pareille à l'ouragan, notre cavalerie
Charge les légions, broyant contre les murs
Centurions, soldats, frondeurs et vexillaires,
     Tribuns et gardes consulaires,
Comme les vendangeurs pressent les raisins mûrs.

Alors : « Sauve qui peut! » Fuyant à vau-de-route,
Fuyant, l'épée aux reins, leur armée est dissoute,
L'invincible vaincu par notre chef gaulois;
A Vercingétorix chantez un chant de gloire,
Bardes, avec fierté, proclamez sa victoire,
Vous qui dans l'avenir prolongez votre voix!

IV.

Les Bardes qu'il inspire ont formé le cortège
Triomphal du héros que le dieu Bel protège;
Mais lui, grave et serein devant ses légions,
Impose enfin silence aux acclamations :

« Guerriers ! dit-il, enfants de la terre celtique,
» Nos prêtres ont sept fois coupé le gui mystique,
» Et sept fois immolé, sous les chênes géants,
» Au dieu terrible Esus deux jeunes taureaux blancs
» Depuis que le rival trop heureux de Pompée
» Recule son pouvoir par la ruse et l'épée :
» Mais il a vu tomber sa fortune et ses dieux
» Dans le sang qui rougit ces remparts glorieux...
» Vous qui peuplez mon camp et suivez ma bannière,
» Préférant de mourir, la tête haute et fière,
» Disposez vos grands cœurs aux œuvres de vertu;
» Jetez loin du pays le tyran abattu.
» Pour que le sol gaulois ne porte point d'esclaves,
» Le glaive fut remis entre les mains des braves.

» O refuge et salut des peuples accablés,

» Concorde! qui nous as tous ici rassemblés,

» Que ton lien puissant à jamais nous seconde!

» Le fer va décider à qui sera le monde,

» Léguer à nos neveux, dans l'univers dompté,

» L'Empire des Césars ou bien la Liberté!

» Harcelez l'ennemi, précipitez sa fuite;

» Frappez d'un coup mortel son chef dans la poursuite;

» Assurez le repos, la paix de l'avenir

» Par un sublime effort digne de souvenir!

» Sur la Gaule asservie édifier un trône,

» Des mains de l'étranger accepter la couronne,

» Ployer vos fronts au joug du pouvoir absolu,

» Régner sous un tyran... je ne l'ai pas voulu.

» Si le Ciel me réserve à terminer la guerre,

» Si de la Liberté j'ouvre la nouvelle ère,

» Moi, votre général, je ne veux, pour tout bien,

» Que l'honneur de descendre au rang de citoyen!

» Levez vos étendards, hâtez la délivrance...

» Puisez dans votre foi la suprême espérance;

» Que le succès inspire enfin votre valeur,

» Et nous aurons tari la coupe du malheur.

» Ah! pour reconquérir les libertés publiques,

» Infliger à César vos dernières répliques,

» Retrouver vos enfants, vous frayer le chemin,

» Courez à l'ennemi, le glaive dans la main...

» Le pays soulevé du Rhin jusqu'à la Loire,
» Confie à ses guerriers sa fortune et sa gloire! »

Et l'armée applaudit; fantassins, cavaliers,
Frappent de leurs épieux l'orbe des boucliers.

v.

Voici devant César la Loire débordée,
Les ponts coupés, enfin l'autre rive gardée;
Il entend sur ses pas tous les Gaulois ligués;
Le fleuve, mer immense, a recouvert les gués;
Spectacle grandiose et digne de mémoire:
Il jette son armée aux vagues de la Loire!... —
Il est perdu : non pas... il passe, il est César!
Et de l'autre côté bondit : tel un jaguar,
Blessé dans les pampas, sur l'Indien s'élance,
Et broie entre ses dents le chasseur et sa lance.

Que fait donc Labienus, son hardi lieutenant?

Un peuple, obscur jadis, aujourd'hui rayonnant,
Florissait sur ton sol, ô cité de Lutèce!

La sainte Liberté fut toujours son hôtesse;
Il souffle sur tes murs un tourbillon de feu;
Il dit : « *Vaincre ou mourir !* » sublime et dernier vœu. —
Impavide, campé sur les bords de la Seine,
Guidé par un héros, par toi, Camulogène !
Le peuple de Paris arrête Labienus :
Aura-t-il, en ce jour, le sort de Sabinus?
Trahis par le destin, signalés par l'audace,
Nos guerriers ont lutté, Labienus les terrasse !...
César et lui, tous deux unissent leurs efforts ;
L'Yonne voit briller leurs armes sur ses bords ;
Ils marchent, et bientôt la Gaule ranimée
Au devant de leurs pas lance la grande armée
Que Vercingétorix, actif et résolu,
Son noble capitaine, acclamé, réélu,
Dirige vers le cours argenté de la Saône;
La guerre à chaque instant grandit, change de zône :
« Jurons de n'embrasser nos femmes, nos enfants
» Qu'après avoir couru, par deux fois triomphants,
» A travers les épieux des lignes ennemies ! »
Disaient les Colliers d'or ; leurs âmes raffermies
Tiendront, n'en doutez pas, le plus saint des serments
Héroïques propos, généreux dévouements !
Les dieux aideront-ils la plus juste des causes ?
Sur le champ de bataille ils ont mis toutes choses !
Ils guideront vos traits dans le sein des Romains...
Hélas ! nos fiers guerriers contre eux voient les Germains

Et Rome conjurés; quand l'horrible mêlée,
Dans les flots de la *Thille*, au fond de la vallée,
Lançait les combattants, César lui-même est pris;
O magnanimité, dont il sentit le prix !
« Lachez-le, » disaient-ils, il s'échappe, il s'évade,
Son glaive, dans leurs mains, accuse leur bravade;
Il plante au cœur des siens l'aiguillon des fureurs,
De nos revers, hélas! signes avant-coureurs;
L'ombre d'Arioviste, errante dans la plaine,
Excite les guerriers de la horde germaine;
Les traits, s'entre-croisant, de leur réseau de fer,
Ont obscurci le jour et dérobé l'éther:
Heure à jamais maudite, heure sinistre et sombre
Où nos braves lassés ont ployé sous le nombre;
Où Vercingétorix, que navre la douleur,
Voit de ses escadrons l'inutile valeur,
Voit jusque dans son camp ses troupes ramenées;
A César désormais le cours des destinées...

Dressant ses hautes tours au front du Mont-Auxois,
Alise, dans ses murs, rappelle les Gaulois.

VI.

Hercule tyrien avait bâti la ville
Sur ce trépied énorme, au centre des vallons
Où l'Oze et l'Ozerain roulent un flot tranquille,
Où, d'un regard surpris, enfin nous contemplons
Sur la vase gisants des lances et des haches,
Des glaives que la rouille a rongés sous les eaux,
Des casques fracassés qu'ombrageaient leurs panaches,
 Une moisson de javelots !

Montagnes et rochers, groupés autour d'Alise,
Flavigny, Pévenel, le Morvan et Réa,
Lieux que le souvenir consacre, immortalise,
Vous témoins éternels qu'exprès un dieu créa,
Pour voir ce duel terrible entre la Gaule et Rome,
Dites-nous les vertus de l'antique cité,
Dites-nous sa valeur dans la bataille et comme
 Elle soutint la Liberté !

Quel péril pour César ! Quel aspect formidable !
Cet énorme rocher que surmontent des tours,
Que gardent les Gaulois, ce roc inabordable !...
Eh bien ! pour le bloquer il lui faut trente jours.
Regardez à sa base, et ces doubles tranchées,
Et les piéges tendus, les étoiles de fer...
Oh ! vienne la bataille, et ces lames cachées,
  Rouges de sang, mordront la chair !

Ils essayaient en vain de rompre cette chaîne ;
Le terrain leur livrait quelque intervalle encor
Pour franchir les remparts de la ligne romaine,
Et Vercingétorix a dit aux Colliers d'or :
« Courez ! que le pays tout entier vole aux armes !
» Laissera-t-il ici la Liberté mourir ?
» Qu'il frissonne au récit de nos vives alarmes,
  » Et retournez me secourir ! »

Alise, dans l'attente, épuisait ses ressources,
Et le Libérateur ne peut nourrir les siens ;
Ils n'ont plus d'aliments, ils ont tari les sources ;
Critognat dit : « Faisons comme ont fait nos anciens
» Quand les Germains jadis environnaient nos villes ;
» Repaissez-vous de ceux impuissants aux combats ! »
Alise rejeta les bouches inutiles,
  Rigueur qui ne la sauva pas !

« Les voilà ! les voilà ! » Dans la plaine des Laumes
Descendent en chantant trois cent mille Gaulois :
Quels fulgurants éclairs jaillissent de leurs heaumes !
Hélas ! dans la mêlée ils succombent deux fois...
Assiégeant, assiégé, contre ceux de la plaine
César s'était muni d'immenses boulevards ;
Une seule colline, entre l'Oze et la Brenne,
     Reste en dehors de ses remparts.

Ecoutez le clairon des Gaulois !... Voici l'heure
Où Vercingétorix et Vergassillaün
S'élancent, franchissant la ligne intérieure,
Couronnant le coteau ; quelle gloire à chacun !
Les Romains ébranlés se frayaient la retraite ;
La Fortune soudain change le sort des dés :
Nos guerriers sont vainqueurs, mais César les arrête :
     Ils sont vaincus et poignardés...

VII.

O lamentable nuit après cette journée !
O Vercingétorix ! O ville infortunée !

Le héros terrassé, dans ce glorieux duel,
Gémit devant les dieux de leur crime cruel;
Il peut trancher ses jours; il est trop magnanime!
Il se fera martyr : quel dévouement sublime!
Il veut vivre, et César, pour ce généreux don,
Sur vingt mille Gaulois étendra le pardon. —
Sous les drapeaux conquis, ombrageant son prétoire,
Qu'attend-il?

Le héros victime expiatoire...
Magnifique guerrier, dans ce pompeux décor,
Il s'avance, couvert de son corselet d'or;
Par trois fois, en courant, son noir cheval de guerre
Tourne autour de César qui trône dans sa chaire;
Puis il descend à pied; son imposant aspect
Étonne les soldats, imprime le respect;
Muet, devant César il jette, avec sa vie,
Le glaive qui sauva les murs de Gergovie!
Son geste était austère et plein de dignité;
Son visage gardait toute sa majesté...
La grandeur de celui qui présidait au drame
Ne sut pas égaler cette grandeur de l'âme...
César, pour le héros, n'eut que des mots amers :
Il dit à ses licteurs : « Qu'on le charge de fers! »

VIII.

Favori des Destins, montez au Capitole,
Tandis qu'en gémissant la Liberté s'envole
Pour chercher un asile au parvis étoilé;
Les dieux supérieurs, éclatants de lumière,
Abandonnent le monde aux dieux de la matière,
    Maîtres de l'univers troublé.

Victorieux César! montez au Capitole!
Triomphez des Gaulois... Rome applaudit l'idole
Qui saura l'éblouir de spectacles si beaux;
Bien que le char se rompe en longeant le Vélabre,
Triomphez de la Gaule à genoux sous le sabre,
Montez au Capitole, escorté de flambeaux!

Qu'il égorge un vaincu, si l'orgueil le conseille...
On porte devant lui l'image de Marseille;
Pâles devant son char, se traînent nos héros,
Augustes défenseurs d'un sol qui n'est plus libre,
Arrachés des cachots creusés au bord du Tibre,
    Promis en ce jour aux bourreaux.

Et Vercingétorix, que son renom signale,
Ornait, chargé de fers, la pompe triomphale;
A son martyre ainsi l'outrage préluda;
La hache du licteur trancha sa noble tête;
D'avance les Gaulois ont vengé cette fête
A Pharsale, à Thapsus, dans les champs de Munda.

César avec leurs bras courbait le monde esclave;
Leur donnait en retour l'honneur du laticlave;
On eût dit qu'empruntant l'art des magiciens,
Son œil, dans l'avenir, entrevoyait la France,
Quand il les fit asseoir, choisis de préférence,
    Au rang des vieux patriciens!

La Gaule est morte? Non! la Gaule va renaître!
Elle tenait l'épée, elle apprend à connaître
Des droits un jour féconds et le lustre des arts;
Ces temples, ces forums, ces thermes, ces arènes
Dont les restes diront les splendeurs souveraines,
Viennent inaugurer la Gaule des Césars.

La vertu des aïeux qui l'échauffe et l'inspire
Intronisa le Christ au sommet de l'Empire
Le jour où Constantin s'arma du labarum;
Entrés victorieux dans la Rome païenne
Les Gaulois escortaient la bannière chrétienne
    Et la plantaient sur le forum.

Leur amour a placé le plus beau diadème
Sur le front de Clovis qu'arrose le saint chrême,
Et dont l'aïeul Arminn triompha de Varus;
Au métal bouillonnant il apportait le moule;
La France naît le jour où le monde s'écroule
Sous des peuples sans nombre aujourd'hui disparus.

Et la Gaule devant la France salienne,
Fière, soutient alors sa renommée ancienne;
Elle a toujours sacré la Gloire et la Valeur; —
Sans s'avilir, ployée au joug de la conquête,
Elle a gardé sans tache, en relevant la tête,
  Sa foi, son épée et son cœur.

Paladins qu'a chantés notre muse héroïque,
Fleur de chevalerie, et preux de l'Armorique,
La *Renaissance* oublie Arthur et Roncevaux!
Ne vous réveillez pas sous le marbre des dalles;
Effeuillant désormais vos palmes féodales,
Commence de souffler l'esprit des temps nouveaux.

Rome au fond de notre âme imprima son génie;
Ce joug qu'avait forgé l'antique Germanie,
Les siècles l'ont brisé sous leur effort puissant;
Les Gaulois, de retour, ont ressaisi la France,
Et ce peuple joyeux que la terreur devance,
  Que guide un chef éblouissant,

Aux éclats de la foudre a traversé le monde,
Laissant sur son passage une trace féconde,
Un germe d'avenir, germe prédestiné,
Qui doit absoudre un jour son invincible épée,
Son laurier que balance un souffle d'épopée,
Et son grand Empereur de gloire couronné!

La France est un soldat, sur son arme il repose :
Rien n'est fait tant qu'il reste à faire quelque chose;
Auprès de ces géants que nous avons connus,
Rangeons pieusement nos vieux héros célèbres;
Ils ont vaincu le temps... à travers ses ténèbres
        Brille le glaive de Brennus. —

Soleil, source de vie et foyer de lumière,
Toi qui toujours nouveau renais dans la carrière,
Et bienfaisant mûris tous les dons de la paix;
De la couronne australe au char glacé de l'Ourse,
Puisses-tu, poursuivant ta flamboyante course,
Ne rien voir de plus grand que le peuple français!

Puisse sur la Cité que décore le Louvre,
CELUI dont le regard en même temps découvre
Et les replis des cœurs et les replis des cieux,
Répandre la splendeur des brillantes années,
Et renouer encor d'heureuses destinées
        A celles qui comblaient vos vœux.

Seigneur! aux jeunes gens donnez des mœurs si pures,
Que toutes les vertus soient leurs saintes parures,
Et que notre Jeunesse éclate dans sa fleur;
Accordez aux Français, nation valeureuse,
Fortune et primauté, postérité nombreuse,
Dans la guerre et la paix, les succès et l'honneur.

Que les blondes moissons dorent cette contrée!
Pesante de nectar, que la grappe empourprée
Pare de ses rubis un sol industrieux;
Que les riches troupeaux et les grasses olives,
Les tributs du Levant abondent sur ces rives
        Qu'illumine un ciel radieux!

Mais quel bruit inconnu s'élève autour d'Alise,
Quels harmonieux chants nous apporte la brise?
Le Mont-Auxois, couvert d'un peuple généreux,
Livre aux baisers du vent ses flammes tricolores,
La fanfare aux échos jette ses voix sonores
Qu'écoutent Flavigny, Pévenel, Ménétreux.

O Vercingétorix! dont je vois la statue
Se dresser noblement, la tête dans la nue,
Sur ton glaive terrible appuyant tes deux mains,
Tu sembles défier, d'un geste militaire,
Et d'un cœur résolu que la vengeance altère,
        César, le plus grand des Romains!

Hélas! ici le deuil aux palmes se marie!
A l'œuvre plus complète il faut que la patrie,
Vous tous, jeunes Français, que vous participiez;
Dressons à Gergovie où rayonne sa gloire,
Un bronze colossal, une fière Victoire
Avec l'aigle romaine abattue à ses pieds...

Nantes, imp. Vincent Forest et Émile Grimaud, place du Commerce, 4.

www.ingramcontent.com/pod-product-compliance
Lightning Source LLC
Chambersburg PA
CBHW061606180626
46818CB00005B/1972